COLEÇÃO VOLTA AO MUNDO
FALANDO PORTUGUÊS

Contos de São Tomé e Príncipe

Histórias da Avó Flindó

© 2024 – Todos os direitos reservados

GRUPO ESTRELA
Presidente: Carlos Tilkian
Diretor de marketing: Aires Fernandes

EDITORA ESTRELA CULTURAL
Publisher: Beto Junqueyra
Editorial: Célia Hirsch
Coordenadora editorial: Ana Luíza Bassanetto
Projeto gráfico e ilustrações: Roberta Nunes
Diagramação: Overleap Studio
Coordenação da coleção: Marco Haurélio
Revisão de texto: Luiz Gustavo Micheletti Bazana
Mapa: Shutterstock

Dados Internacionais de Catalogação na Publicação (CIP)
(Câmara Brasileira do Livro, SP, Brasil)

Beja, Olinda
  Contos de São Tomé e Príncipe : histórias da avó Flindó / Olinda Beja ; coordenação Marco Haurélio ; ilustração Roberta Nunes. – 1. ed. – Itapira, SP : Estrela Cultural, 2023. – (Coleção volta ao mundo falando português)

  ISBN 978-65-5958-096-5

  1. Contos - Literatura infantojuvenil
I. Haurélio, Marco. II. Nunes, Roberta.
III. Título. IV. Série.

24-210800   CDD-028.5

Índices para catálogo sistemático:
1. Contos : Literatura infantil 028.5
2. Contos : Literatura infantojuvenil 028.5

Aline Graziele Benitez - Bibliotecária - CRB-1/3129

Proibida a reprodução total ou parcial, de nenhuma forma, por nenhum meio, sem a autorização expressa da editora.

1ª edição – Itapira, SP – 2024 – impresso no Brasil.
Todos os direitos de edição reservados à Editora Estrela Cultural Ltda.

Rua Roupen Tilkian, 375
Bairro Barão Ataliba Nogueira
CEP 13986-000 – Itapira/SP
CNPJ: 29.341.467/0001-87
estrelacultural.com.br
estrelacultural@estrela.com.br

COLEÇÃO VOLTA AO MUNDO FALANDO PORTUGUÊS

OLINDA BEJA

Contos de São Tomé e Príncipe
Histórias da Avó Flindó

Ilustrações: **Roberta Nunes**
Coordenação: Marco Haurélio

História da avó Flindó ◆ 8

História dos cinco irmãos ◆ 13

A Cobra Preta do café ◆ 16

Tijuca e *Sum* Galo ◆ 19

História de *Sum* Viana e *San* Lukesa ◆ 22

História da galinha e dos seus oito pintainhos ◆ 26

História de gandu, o rei do mar ◆ 30

A lenda de Galo Cantá ◆ 33

Avó, dá licença? 36

História do falcão e do papagaio ◆ 39

O adeus da avó Flindó ◆ 43

Posfácio ◆ 46

Quem é a avó Flindó? É essa a pergunta que nos faz Olinda Beja, autora deste livro, já adivinhando a resposta. E ela passa a nos apresentar a personagem-narradora, que, por meio de sua voz, contará histórias não só criadas pela autora como também originárias da tradição oral de duas pequenas ilhas do Oceano Atlântico – São Tomé e Príncipe – e, assim, viajaremos, de mãos dadas com o tempo, por suas memórias afetivas. Visitaremos as roças (lavouras) de cacau, o rio no qual se lavava a louça e a roupa e onde, certamente, eram entoados muitos cantos. E, ao final do dia, nos recolheremos ao *quinté glandji* (quintal grande) para ouvirmos, encantados, as histórias da avó Flindó.

E, como o que nos move é a curiosidade, ela começa com o conto "História dos cinco irmãos", que explica por que os dedos de nossas mãos são tão diferentes. Segue com a "A cobra preta do café", do tempo em que quase tudo era floresta, e "Tijuca e *Sum* Galo", que conta a história de uma moça que veio do Brasil e, depois de ser dada em casamento a um homem que ela não amava, fugiu de casa. O homem, até hoje, chora pela noiva ausente e, pelo título da história, vocês podem adivinhar por quê.

A "História de *Sum* Viana e *San* Lukesa", com equivalente em outros folclores, é um conto de advertência sobre a necessidade de guardar segredo em relação aos lugares encantados. O conto "História da galinha e dos seus oito pintainhos" traz um humor muito peculiar e mostra, ao mesmo tempo, que não é fácil ser galináceo em lugar algum. Já "História de gandu, o rei do mar" faz jus ao dito popular "tamanho não é documento". Gandu é o tubarão que, ao engolir um peixinho, tem a maior surpresa de sua vida, quiçá a última.

Por fim, duas lendas geográficas explicam a origem do nome Galo Cantá e a razão de o falcão e o papagaio, antes amigos, serem hoje grandes rivais. Quando narra a história de Tijuca, a avó Flindó diz: "*Téla longi sá Bladji!*" (Terra longe é o Brasil!). Para nós, que estamos do outro lado do Atlântico, ocorre o inverso: São Tomé e Príncipe é que é terra longe. Olinda Beja, com sua prosa poética, a trouxe para mais perto de nós.

Marco Haurélio

Tela londji sá Bladji!
(Terra longe é o Brasil!)

A todas as crianças que tiveram a felicidade de encontrar um avô ou uma avó para lhes contar histórias.

A todos os homens e mulheres que guardaram no bolso histórias da infância para as contarem aos seus netos.

À Milé Albuquerque Veiga, minha mana, minha amiga de coração. A força que me deu para que este livro visse a luz do dia!

A minha gratidão!

QUEM É A AVÓ FLINDÓ?

De certeza que ninguém sabe quem é a avó Flindó, a avó que durante toda a sua vida contou histórias, muitas histórias. E que vida longa que ela teve... mais de cem anos... muito mais... imaginem, sempre a contar histórias!

Não fiquem admirados, pois na terra onde avó Flindó nasceu sempre se contaram muitas histórias. É uma terra muito longe daqui, chama-se São Tomé e Príncipe. São duas ilhas pequeninas, no meio do Atlântico, mas tão lindas, tão lindas, que há quem diga que é ali o paraíso.

Para passarem o tempo, as pessoas contavam (e ainda contam) histórias. As crianças, os jovens e até os adultos faziam uma roda muito grande e ali ficavam horas e horas a ouvir os mais velhos a contarem coisas que tinham ouvido dos avós e até dos avós deles! E nas noites frescas de gravana, que coisas engraçadas contavam...

gravana: *época seca.*

Além disso, naquele tempo já distante, não havia televisão, nem discos, nem leitor de fitas cassetes, nem computador, nem nada do que agora as crianças têm.

Por isso, avó Flindó, que nasceu a ouvir tantas histórias, contou-as e deixou-as ficar para todos nós...

E é ela, a avó Flindó, que lá do seu *quinté glandji*, ou onde quer que ela esteja, vai contá-las a vocês, crianças de outras terras distantes!

quinté glandji: *quintal grande.*

Quando eu nasci, minha mãe e meu pai viviam em Uba Flor, rocinha muito linda onde as flores encantam quem nos visita. Minha avó, mãe de meu pai, vivia em Galo Cantá.

Mal comecei a dar os primeiros passos, minha avó, que se chamava Luxinda, veio buscar-me. Pôs-me nas costas, como se usa aqui na nossa terra, e assim fui para a minha nova casa em Galo Cantá. Sabem, minha mãe tinha que trabalhar muito na roça onde vivia. Tinha que quebrar cacau, levá-lo para o secador, capinar mato, ir lavar roupa e louça ao rio e tomar conta de minha avó Nazalé, mãe de minha mãe, que já era muito velhinha... Apesar de minha mãe dizer sempre que era neta do Barão de Água Izé, homem rico por *dimais*, homem que trouxe do Brasil uns pés de café e mais tarde de cacau, nem assim ele deu seu nome à minha avó, que criou minha mãe com muita *dificulidade*.

Fui crescendo a correr pela floresta cheia de árvores tão grandes e tão lindas que até me esquecia de voltar para casa. Mas não ia sozinha, não. Ia com outras crianças de Galo Cantá. Com o Zu, a Linaida, a Cátió, a Zinha, o Faustino... Pelo caminho, sentávamos à sombra das eritrinas e comíamos *quixibá, bacatxi, safu, jaca...*

— Flindóóó... — era a avó Luxinda a chamar.

luchan:
lugar.

lôço mi:
arroz doce feito com milho e leite de coco.

E lá ia eu numa corrida com todas as crianças do nosso luchan, pois sabíamos que avó Luxinda nos dava um pratinho de lôço mi se nós ouvíssemos e participássemos nas histórias que ela nos ia contar e a primeira começava sempre assim:

Sempre minha avó contava

a história daquele menino

que toda a noite tocava...

e tocava no batuque.

E o batuque... tuque-tuque, e o batuque.... tuque-tuque.

E nós repetíamos numa alegria, fazendo o ritmo em latas velhas e em pedaços de madeira:

E o batuque, e o batuque tuque-tuque.

E o batuque, e o batuque tuque-tuque.

E o grupo dos seus amigos lá muito longe cantava:

África, África mamã, África mamã, Áfricaê...

África, África mamã, África mamã, Áfricaê...

E, claro, nós repetíamos a canção ajudados pelos nossos simples instrumentos musicais:

África, África mamã, África mamã, Áfricaê...

E a voz doce de avó Luxinda continuava:

E o menino foi à escola,

foi à escola pra estudar,

mas à noite no batuque

continuava a tocar.

E o batuque, e o batuque tuque-tuque.

E o batuque, e o batuque tuque-tuque.

E o grupo dos seus amigos continuava a cantar:

África, África mamã, África mamã, Áfricaê...

África, África mamã, África mamã, Áfricaê...

E o menino teve um sonho,

o sonho de embarcar,

mas à noite no batuque continuava a tocar:

E o batuque, e o batuque tuque-tuque.

E o batuque, e o batuque tuque-tuque.

E o grupo dos seus amigos continuava a cantar:

África, África mamã, África mamã, Áfricaê...

África, África mamã, África mamã, Áfricaê...

Depois avó Luxinda ficava com o rosto muito triste, quase botava lágrima para terminar a história:

E o menino foi-se embora,

foi para longe, embarcou,

mas o som do seu batuque

pelo mundo se espalhou.

E o batuque, e o batuque tuque-tuque.

E o batuque, e o batuque tuque-tuque.

E o batuque, e o batuque tuque-tuque.

De repente, o ritmo era mais frenético, mais agitado, as nossas mãos ficavam vermelhas e doloridas, até que avó fazia sinal do fim da história e todos corríamos agora para a cozinha, onde já nos esperavam em cima de uma mesa tosca os pratinhos de *lôço mi*...

Aos domingos tinha que ir a Uba Flor visitar minha mãe e meu pai, que, entretanto, já me tinham dado mais um irmão, o Jusualdo, um menino muito lindo, a quem carinhosamente passamos a chamar de Ju. Apenas assim:

Ju. Era esse o nome de casa. Na nossa ilha, todos temos dois nomes, o do registro e o de casa. E o que vale para nós é o da casa. O meu do registro é Florinda, mas o de casa é Flindó!

Então, naquele domingo, minha mãe disse-me que eu tinha também que pôr o meu irmão nas costas, como avó Luxinda tinha feito comigo, e levá-lo para Galo Cantá, pois meu pai tinha ido para a Caridade, outra roça no sul da ilha, muito longe da nossa casa.

Chorei muito pelo meu pai. Ir para o sul era o mesmo que ter ido para outro país. Era tão longe e não havia meios de transporte! Mas minha mãe disse-me que era só por uns meses. Ele depois voltava e ia ver-me.

Então, pela primeira vez, com 7 anos apenas, durante o caminho até a casa de avó Luxinda, para esquecer a ausência do meu pai, fui contando ao meu irmãozinho Ju uma história, como se ele percebesse alguma coisa do que eu ia a sofrer.

Numa casa distante viviam cinco irmãos. Chamavam-se eles Mínimo, Anelar, Médio, Indicador e Polegar. Eram todos altos e fortes e viviam muito felizes, apesar de nunca terem muita comida em casa.

Um dia de manhã, o Mínimo disse em voz alta ao seu irmão mais próximo:

— *Plamã biliza!* (Já amanheceu!).

Como era o mais comilão de todos, o Anelar perguntou logo:

— *Quê quá non cá cumê?* (O que vamos comer?).

Resignado, o Médio respondeu:

— *Quá cu Dêçu dá non!* (O que Deus nos der!).

— *Ixi Deçu ná dá fá?* (E se Deus não der?) — perguntou com cautela o Indicador.

— *Non cá bá matu bá futá!* (Vamos para o mato roubar!) — respondeu prontamente o Polegar.

— *Futá?!!* (Roubar?!!) — perguntaram os outros indignados.

Ao ouvirem a ideia horrível do Polegar, os quatro irmãos deram-lhe tanta pancada que o deixaram assim torto e mais baixo que os outros.

Eu tinha ouvido esta história do vizinho Laudino numa noite de gravana em que estávamos todos sentados na raiz de uma velha árvore do pão. E fiquei feliz quando dei conta de que, com a história, Ju tinha adormecido.

gravana: *época seca.*

— Flindóóó! Flindóóó.

— Iô avó! Iô avó!

Minha avó mandou-me à escola. "Uma mulher sem saber ler é uma noite escura. Homem abusa *muinto...* cuidadoê!" — todos os dias a mesma recomendação e eu consegui fazer os quatro anos com boa nota, mas... "uma boa contadora de histórias... é o que ela é" — disse a professora Dona Amélia a meu pai quando ele foi buscar o meu diploma. Fiquei muito vaidosa e lembro muito bem uma das histórias com que recebia aplausos dos colegas, pois todos tinham medo da Cobra Preta do Café.

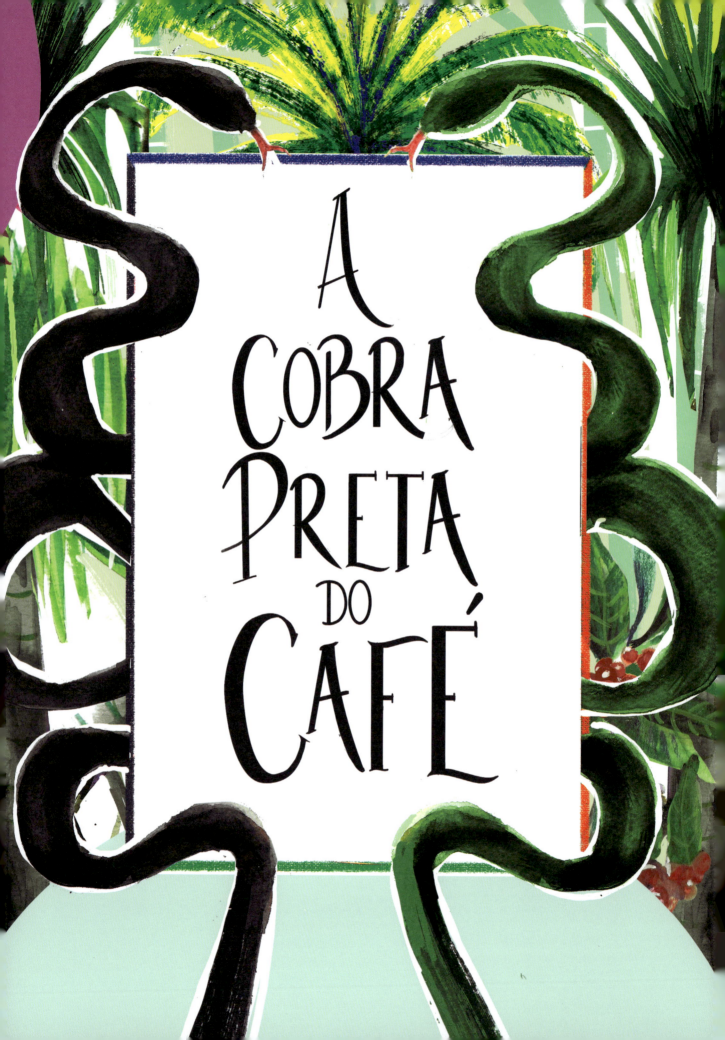

Quando nossa ilha era quase tudo **obô** e ninguém aí *não vi-via, não*, Cobra Preta não era mortífera nem traiçoeira como todos hoje a conhecemos. Muito boazinha, solitária, tímida mesmo, rastejando sempre numa servidão humilde que até os olhos dos outros animais botavam lágrima só de *ver ela*.

obô: *floresta cerrada.*

Terrível, isso sim, era sua prima Gita, matando com seu líquido venenoso hiena, raposa ou macaco que, por infelicidade ou descuido, se atravessasse no caminho ou se encostasse nela. Diziam que o veneno estava espalhado em toda a sua pele. Mas todos os animais sabiam, mesmo os que viviam no mais escuro *obô*, que ela tinha desgosto enorme na sua pele. Desgosto de morrer. Desgosto só.

Então, num daqueles dias em que o calor da nossa terra queima corpos e almas, Gita resolveu convidar Cobra Preta para se banharem nas águas frescas do mar. A outra aceitou.

Chegaram as duas à orla da praia. Verificaram se não vinha ninguém. Num gesto rápido tiraram suas peles e... vira que vira, foram banhos sem fim... vai longe, volta, mergulha... até que Gita pensou em sair primeiro. Numa corrida, vestiu a pele da Cobra Preta, fugindo e misturando-se ao verde capim.

E aí anda ela, a Gita, louca de felicidade, vaidosa da sua nova roupa, rindo-se da outra que, sem querer, teve de aceitar seu triste destino!

fundão:
lugar numa clareira da floresta onde se dança.

Agora eu já era uma mulher quase feita, pois, num **fundão**, um rapazote, não muito jovem, com quem dancei puíta, falou-me que o seu coração tinha encontrado o amor naquela noite!

— Cuidado, Flindó, não queira homem velho, não! Lembre sempre da história de Tijuca e **Sum** Galo...

Sum: *senhor.*

— Quem era Tijuca, avó?

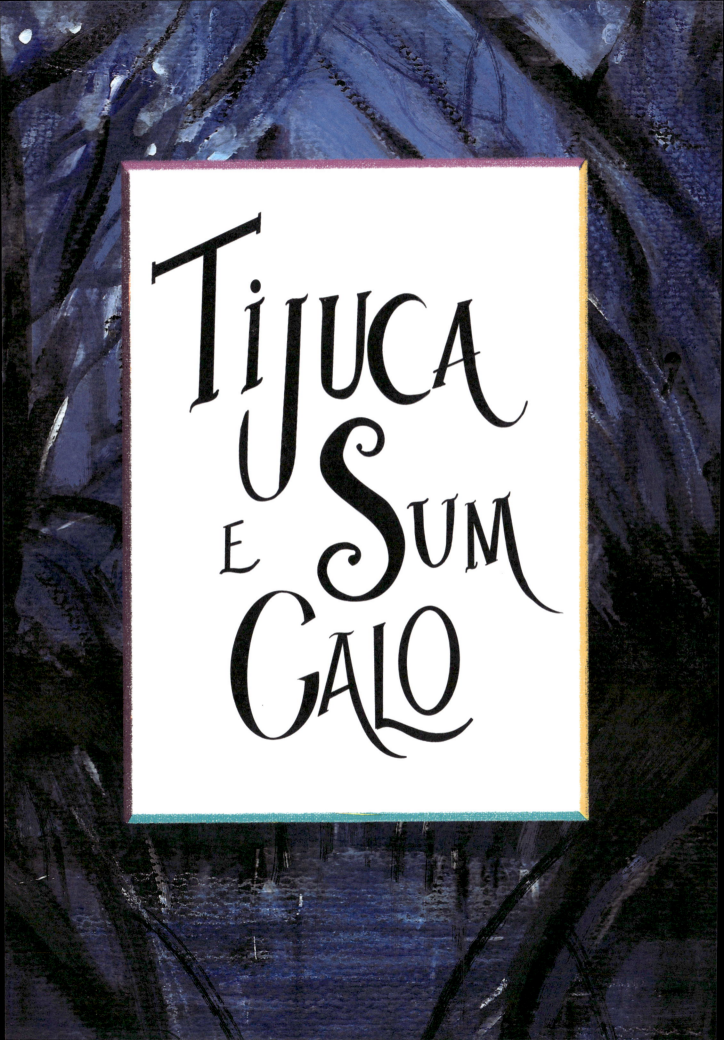

Tijuca era filha de um homem muito rico que veio do Brasil e a trouxe para cá. Foi para o sul e comprou lá roça grande, a que pôs o nome de Novo Brasil.

— Brasil?! E onde fica o Brasil, avó Flindó?

— *Téla longi sá Bladji!* (Terra longe é o Brasil!).

Mas o pai de Tijuca só queria homem rico para sua filha. Não lhe importava se fosse velho ou não. Só que Tijuca estava apaixonada por Geni, seu serviçal de Cabo Verde. E o pai queria *Sum* Galo, homem de muito dinheiro, mas já velho. E *Sum* Galo também queria Tijuca!

— *Sum* Galo até pode sustentar uma leva de contratado na roça dele! — avisava o pai. — Tem mais cacau que nós no Novo Brasil. E tem casa grande na cidade! Pensa bem, Tijuca! Não me faças desfeita!

Perante todas as ameaças do pai, Tijuca tomou uma decisão. Numa noite de Lua cheia, fugiu de casa e foi até o Rio Malanza. E nunca mais ninguém a viu. E ainda hoje se ouve na floresta *Sum* Galo chorando por Tijuca.

❧

Como a vida era difícil e avó Luxinda já tinha partido, passei a vender frutos e legumes do quintal, pois já com três crianças para criar e

com o pai delas sem ajudar nas despesas, eu tinha que trabalhar, e muito. Ia todos os dias de manhã a pé para o mercado da cidade-capital. No **kwali** levava mamão, banana pão, matabala, abacaxi. Com o dinheiro trazia *vuadô ou maxipombo,* que são os peixes mais baratos...

kwali: *cesto feito de folhas de palmeira.*

— *Palaiê*! — gritavam por mim as senhoras que já me conheciam e queriam os meus produtos

— Dona, meu nome é Flindó! — respondia eu.

Risada geral de minhas colegas, que, no final do dia, antes do regresso a casa, já sabiam que eu as faria rir ou chorar com uma história...

21

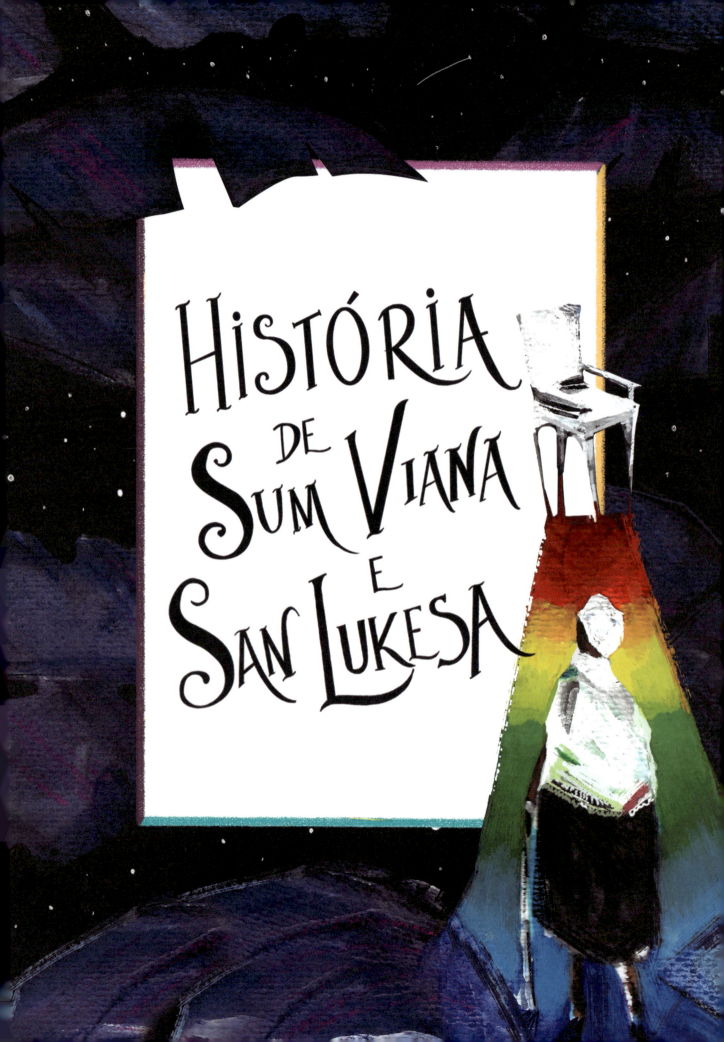

Naquela aldeia de Iô, não muito longe de Santo Amaro, viviam em tempos idos *San* Lukesa e seu companheiro **Sum** Zon Pañá. Ela era a mulher mais linda do *luchan* e todos gostavam dela.

Um dia, **San** Lukesa e sua vizinha e amiga Makulú foram a Água Casada apanhar camarões. Ambas com os seus **klissaklis** às costas desceram ao **vadji** cantando alegremente e lá chegaram ao ribeiro.

Virando pedras aqui e acolá, foram descendo pelo rio apanhando camarão. Estavam muito satisfeitas, pois os *klissaklis* vinham sempre cheios. Quando estavam a meio do rio a água agitou-se de maneira estranha e com tamanha força que *San* Lukesa desapareceu. Apenas ficou a boiar o seu *klissakli*.

Makulú fugiu espavorida gritando **"kidalê ô! Kidalê ô"** e, mal chegou ao *luchan*, contou a todos os vizinhos que foram logo para o rio. Mas nada apareceu. Nem naquele dia nem nos outros que se seguiram.

Anos mais tarde, *Sum* Zon Viana, que se encontrava na foz do rio, perto de Diogo Nunes, esperando a neta que tinha ido à cidade buscar garrafas de sumo, foi interpelado por um homem que lhe disse:

— Se quer garrafas de sumo venha comigo ao fundo do rio!

Sum: *senhor.*

San: *senhora.*

klissaklis: *armadilha para apanhar camarão no rio.*

vadji: *vale*

kidalê ô: *socorro.*

— Ao fundo do rio?!

— Sim, não tenha medo!

Sum Viana ainda hesitou, mas, por fim, aceitou. Mergulhou no rio e, pouco depois, encontrou-se num quintal onde havia flores maravilhosas e desconhecidas para ele. E mais admirado ficou quando viu *San* Lukesa passeando rodeada de lindas crianças muito brancas. Conversando com ela, soube que as crianças eram assim porque o seu pai era o rei das águas. Daí terem aquela cor.

— São albinas! — explicou-lhe *San* Lukesa.

— São muito lindas! — exclamou *Sum* Viana.

Contou-lhe ainda maravilhas do rei das águas, daquele lugar maravilhoso, mas pediu-lhe que guardasse segredo. Mas ao chegar a Iô *Sum* Viana, não conseguiu guardar segredo. Chamou todos os habitantes e contou-lhes o que tinha visto no fundo do rio.

Ao outro dia *Sum* Viana encontrou novamente o mesmo homem que o convidou outra vez a ir ao fundo do rio. Feliz, *Sum* Viana mergulhou, mas nunca mais regressou.

Hoje os habitantes de Iô chamam aquele local de "Fundo de San Lukesa" e seus filhos de "albinos"!

Talvez não acreditem, mas esse foi um dia feliz na minha vida. E sabem por quê? É que nós tínhamos lá no mercado uma **palaiê** chamada Feliciana que era albina e, por vezes, as outras riam-se dela por ela ser assim daquela cor. Quando acabei a história, Feliciana deu-me um abraço tão grande que julguei que ela partia minha costela. E ficamos amigas para o restante da vida.

Mas os anos foram passando. Passam a correr, não é? Mas continuei a contar histórias, mesmo quando fiquei sempre em casa e no **quinté glandji**!

palaiê: *mulher que vende no mercado.*

quinté glandji: *quintal grande.*

E nos **nozados** então... aí eu era a rainha da noite! Nem os homens sabiam contar tantas histórias como eu! Foram as histórias que fizeram de mim uma mulher famosa.

nozado: *período de luto e pesar.*

— *San* Flindóó! *San* Flindóó — eram os vizinhos de Uba Flor —, hoje é *nozado* de *San* Flé-Flé. Você vem lá contar história, não esquece, não!

— Não estejam tristes! Vida é assim mesmo. Cada um tem seu **peneta**!

peneta: *destino.*

As pernas já pouco andavam. Mas com meu bordão lá fui ajudar a passar um bocado da noite. Fui caminhando devagar e quase a chegar comecei a ouvir a voz de *San* Vigília, a dona da casa:

— Eu tinha seis irmãs e agora só fico com uma! — lamentava-se ela em altos gritos.

— É a vida, Vigília, é a vida... mas ainda ficas com uma! — respondi eu do lado de fora do cercado. O quintal estava cheio de gente, mas todos me deram passagem e uma cadeira.

Depois, fui preparando o caminho da história. Sabem, é que, para se contar uma história, tem que se preparar o caminho para ela. Sentei-me na velha cadeira de braços, bebi uma caneca de café e comecei minha história:

— Vocês não sabem o que aconteceu à galinha?

— À galinha? — perguntou um coro de vozes.

— Sim, à galinha... Eu conto!

E lá saiu a história para suavizar o momento e dar um pouco de coragem a *San* Vigília, que via partir mais uma irmã.

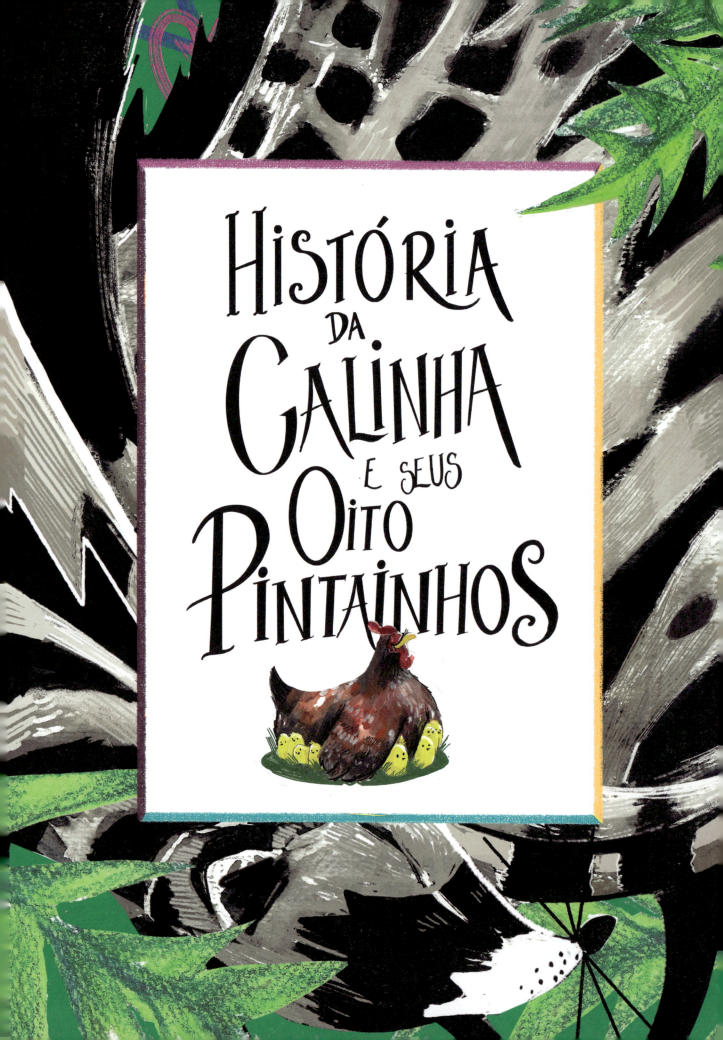

No quintal de *Sum* Mérico e *San* Fenícia havia uma galinha, vaidosa da sua primeira ninhada: oito pintainhos lindos de morrer, pareciam bolinhas de ouro, amarelinhos, e ela sempre a esgaravatar para eles, um bichito ali, um pedacito de pão além, e eles a crescerem para sua alegria.

Uma noite, estava ela recolhida no galinheiro quando ouviu um barulho ensurdecedor de pernas de um animal de grande porte. Tremeu toda e abriu ainda mais as asas para que os oito pintainhos lá ficassem bem escondidos. Mas de nada serviu. A **lagaia** estendeu a sua perna dianteira e arrastou três de uma só vez, fugindo na noite escura. Cacarejos, pios de aflição e, de oito, a pobrezinha ficou com cinco, esperando que a *lagaia* nunca mais lá voltasse. Consolava-a ter ainda cinco. E mais contente ficou quando viu *Sum* Mérico estar a arranjar com uns paus velhos uma porta para que ela e seus filhotes dormissem protegidos.

lagaia: *raposa.*

Num belo dia de sol, estando a procurar alguns mantimentos para seus franganotes, que agora já estavam dignos desse nome, viu, de repente, o voo picado do falcão, que já ia no ar levando bem presos nas suas garras dois dos seus lindos filhos.

27

Nessa noite, não dormiu nem deixou dormir ninguém. Esbaforida, cacarejou toda a noite como que a pedir socorro e alívio para tanta dor.

Quase não comia ao ver a sua prole reduzida a três filhinhos. Como estavam lindos, fortes, bem alimentados! Se ao menos ficasse com aqueles galarotes para sempre! Mas, infelizmente, não ficou.

A primeiro de setembro é a festa grande de Nossa Senhora da Nazalé e os cinco filhos de *Sum* Mérico avisaram que vinham de Lisboa com as famílias passar duas semanas e só regressavam depois da festa. E a mãe sabia bem o quanto eles queriam comer um bom **kalulu**… saudades da terra! Um *kalulu* bem-feito com todos os ingredientes, ossame, quiabo, maquequê, pau-pimenta, piri-piri, muita folha, um bom ramo de *mosquito* e… muita galinha… ah, sim… mas… pensando bem, eles, as mulheres e os filhos, eram mais de quinze pessoas… precisava mesmo de muita carne!

kalulu: *prato típico de São Tomé.*

San Fenícia foi então ao galinheiro. Viu os três sobreviventes já bem gordos, uns galos enormes que naquele quintal comiam as frutas deliciosas que as árvores davam: fruta-pão, carambola, safú, cajamanga… e era isso que os punha gordos e de linda plumagem, o que fazia o orgulho da sua mãe. Era realmente uma pena ter que os levar para o sacrifício, mas assim foi.

E a pobre da mãe-galinha, que teve um batalhão de oito filhos lindos como o Sol, ficou sozinha naquele quintal de *Sum* Mérico e *San* Fenícia. Sozinha mesmo. Nem um lhe restou.

❧

O tempo não é amigo de ninguém, não. Minha avó dizia: "*Tempu-tempu sa mandjoka maxi tadádu só ê ká dôxi.*" (O tempo é como a mandioca: quanto mais tarde se colhe, mais doce é.), mas eu não acredito!

28

Os meninos sabem o que é ter 100 anos?! Um século!!! Já pensaram bem?! Tive uma festa muito linda, tive sim. Meus filhos, netos, bisnetos, sobrinhos, irmãos, vieram de todo o lado para me fazerem uma festa grande. Alguns até vieram do Sul, de Ribeira Peixe, de São João de Angolares, de Porto Alegre. Mas eu não gostei, não! Preferia ter apenas metade da idade e estar aqui no caminho à espera do Zézé Carapinha...

Zézé Carapinha andava na escola em Batepá, mas vivia na Santi, roça bem perto de Galo Cantá. Era menino esperto, educado, brincalhão. Era um dos meninos que eu tanto ajudava com as histórias que lhe contava quando ele passava rente ao meu cercado.

Dava gosto vê-lo pela manhã passar para a escola com o seu grupinho de amigos numa alegre brincadeira. Primeiro, era a corrida até as margens do riacho onde cada um deixava o seu *klissakli* na esperança de, no regresso, chegarem a casa cheios de camarão para o jantar. Pois... camarão do rio mais pequenino que o do mar mas mais saboroso. Muito mais.

Zézé discutia sempre por causa das histórias e das canções que os amigos contavam e cantavam pelo caminho barrento que os trazia do seu *luchan* até a escola em Batepá. Só se calavam quando ao longe viam o professor à porta da escola. A partir dali era silêncio...

Zézé orgulhava-se de saber muitas histórias e com isso ganhava sempre uma boa avaliação nas redações que o professor Abílio marcava para casa. Por mais difíceis que fossem.

Zézé também tinha um avô, com quem ele ia para o mato, e no caminho lhe contava histórias. Às vezes era ele quem as contava pra mim. E era linda essa troca de histórias nas nossas idades... Eu tinha um zero a mais em relação à idade dele. Por isso é que tinha graça!

HISTÓRIA DE GANDU, O REI DO MAR

Gandu foi sempre o rei do mar. Avó sabe que **gandu** é grande, grande que, enfim, quando abre a boca pode comer um homem de imediato. Todos os habitantes do mar fogem dele, mas dizem que quem tinha mais medo era *bega-tchim-tchim*. Ele é um peixe tão pequenino... eu já vi um que meu avô um dia foi à pesca e apanhou na rede. Tão pequeno que nunca podia livrar-se dum gigante.

gandu: *tubarão.*

Quando, nas águas do fundo do mar, *bega-tchim-tchim* via passar *gandu*, mesmo ao longe, fugia logo para outras águas, mas, apesar disso, sempre teve medo de que um dia o tubarão abrisse a boca e o comesse. Era isso que ele imaginava sempre que o via por perto. E a desgraça, como *bega-tchim-tchim* imaginou, acabou por acontecer.

No escuro daquela barriga enorme, cheio de medo, *bega-tchim-tchim* começou a gritar com quanta força tinha e resolveu inchar, inchar, inchar até que os seus picos ficaram duros e fortes e foi assim que perfuraram o estômago e as vísceras do tubarão, provocando-lhe uma morte dolorosa. Agora, os pescadores dizem que, a partir desse dia, todo tubarão se desvia sempre quando vê *bega-tchim-tchim* por perto!"

Depois Zézé ficava sério e dizia em alta voz:

— Meu avô diz sempre que nunca devemos fazer troça dos mais pequenos!

— Pois — arrematava eu — todas as histórias têm sempre uma lição!

Houve um dia em que o professor lhes contou a história de Canta Galo. Canta Galo tinha uma história?! Zézé ficou baralhado quando a ouviu. E contou mais o professor, contou que Canta Galo era um dos maiores distritos de São Tomé e Zézé ia pensando como era possível tal coisa se ele conhecia Galo Cantá! E Galo Cantá é distrito de Mé Zochi! A história só se desvendou quando, à noite, Zézé Carapinha foi pedir a minha ajuda. Como nunca me atrapalhei com finais ou inícios de histórias, mesmo que para isso tivesse que as inventar de novo, prometi desvendar-lhe o segredo.

E foi assim que Zézé ficou de espanto quando lhe contei tudo. Pois, se ele não sabia porque ali era Galo Cantá, eu mesma lhe arranjaria um final tão bonito que o faria cantar melhor que o **ossobô**!

ossobô: *ave muito bonita que anuncia a chuva com seu canto.*

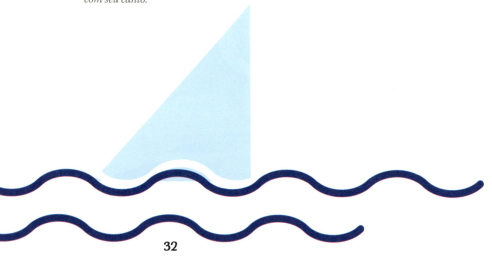

Conta a lenda que há muitos, muitos anos, ainda *nós não vivia* aqui não, São Tomé era o refúgio de todos os galos do mundo. Todos...

— Todos, avó?!

— Sim, Zézé — todos...

Satisfeita a pequena curiosidade de Zézé, continuei a história:

O "cocorococó" era imenso e ensurdecedor, porque os galos esqueciam-se de que não eram os únicos a viver na ilha.

Com o passar do tempo, as outras criaturas começaram a incomodar-se com o barulho das aves.

Um dia, resolveram dar-lhes um ultimato.

— E o que é um ultimato, avó?

— É assim como uma lei muito dura e que tem que ser cumprida, **bô tendê?**

Zézé ficava tão feliz com a explicação como se fosse dada pelo professor Abílio. E a história dos galos continuava com Zézé por vezes a imitar a cantoria de tanto galo que vivia na sua bela ilha!

bô tendê?:
você entendeu?

— Para evitar uma guerra — gritei imitando voz de general — todos os galos devem mudar-se para um local afastado em 24 horas. Somente o vencedor poderá ficar no local.

Os galos, seres pacíficos, cantadores e alegres, optaram pela paz e por mudarem-se para outro local onde pudessem cantar à vontade.

Escolheram então um guia, o galo maior, mais preto e mais visível dentre eles. Partiram todos e depois de muito procurarem encontraram um lugar ideal. Desde então, nunca mais se ouviram os galos cantarem desordenadamente, mas no mesmo local e em horas determinadas.

Os habitantes da ilha designaram esse lugar de Canta Galo. Hoje é um distrito na ilha de São Tomé com o mesmo nome.

Mas, dizem os mais velhos, que ouviram aos primeiros habitantes da ilha, que o tal galo preto que comandou a expedição para saberem onde deviam ficar vivia exatamente aqui onde eu vivo. E que gostava tanto desse lugar que, uma noite, fugiu de Canta Galo e escondeu-se numa gruta que aqui existia. Foi difícil, pois não podia cantar, senão era descoberto e ele tinha feito o juramento de viver só em Canta Galo. Mas, um dia em que já se sentia muito velho e pressentiu que ia morrer, esperou pelo romper do dia. E qual não foi o espanto de quem aqui vivia ao ouvirem o canto de um galo! Como era possível? O galo continuava a sua cantoria cada vez mais alto e mais forte. Estava mesmo a despedir-se da vida. Quando chegaram ao seu esconderijo encontraram a ave já morta e então, a partir desse dia, puseram a esta localidade o nome Galo Cantá!

Vi que Zézé ficou feliz e partiu para Santi como um guerreiro que ganha uma batalha. Penso que um dia será um bom contador!

— *San* Flindó! Dá licença?

— Quem me chama?

— Somos nós, os rapazes da rádio…

Minha neta disse que eles queriam falar comigo. Falar comigo?! Fiquei admirada, mas, depois de me explicarem que era para contar uma história porque eu era a mais famosa contadora de histórias de São Tomé, confesso que fiquei feliz. Feliz e vaidosa. E também queriam saber coisas da minha vida.

Minha neta ajudou-me a vestir. Não ia aparecer assim, de qualquer maneira. Eu estava na cozinha sentada no meu velho tronco de pau-ferro com uma roupa quase tão velha como eu. Coisa de andar na roça. Então vesti-me como quando ia às festas do meu tempo. Saia e quimono, que é a nossa roupa tradicional. E lenço *bôtandji* na cabeça. Quando vestia meu quimono, era uma alegria para quem me visitava. Eu ficava sempre a dizer adeus quando as pessoas se iam embora. E elas gostavam de me ver com as longas mangas do meu quimono a voar com o vento.

Os rapazes ajudaram-me a sentar na velha cadeira de avó Luxinda, pois as pernas cada vez me atraiçoavam mais.

— Mas o que me querem, afinal? — perguntei.

— *San* Flindó, a senhora ainda tem uma boa memória. Queremos pedir-lhe que nos conte coisas da sua longa vida...

Lamentei a minha idade: "*Vé sá vé. ! A pô dé txinta mudo kôlô... vê sa vê!*" (Velho é velho. Podes pôr tinta, só mudas a cor... velho é velho).

Eles riram muito e, de máquinas na mão, iam falando comigo, fazendo perguntas sobre a minha vida, as histórias que eu contei, a minha família, como sobrevivi à morte dramática do pai de meus cinco filhos, à partida de minha filha mais velha para Angola, ao desaparecimento de meu **codé**, tão bonitinho que não merecia tal sorte, mas, sabem... ele gostava muito do mar e o mar veio buscá-lo.

E os rapazes sempre me pedindo para eu contar uma história, só uma, uma que eu nunca tivesse contado. Não foi fácil satisfazer, não. Mas, quando me disseram que era para muitas crianças ouvirem em terras muito longe, fiquei tão contente que a memória fez a vontade ao meu coração! A última vontade!

codé:
o filho mais novo.

História do Falcão e do Papagaio

O falcão e o papagaio sempre foram muito amigos. Tão amigos que faziam longas e demoradas viagens de um lado para o outro da ilha, de Porto Alegre a Água Arroz; de Ponta Mina a Monte Mário; e até mesmo do Pico Cão Grande até Maria Fernanda.

Ajudavam-se a fazer os ninhos, dividiam sementes e frutos, iam buscar flores na época do acasalamento. Nas festas familiares partilhavam todos os trabalhos, espalhavam pelos ares canções que faziam bailar todas as outras aves.

Nunca entre eles houve ameaça nem fim de amizade.

Mas, um dia, quando o falcão estava distraído em seus pensamentos à beira-praia, apareceu a tartaruga manhosa, que lhe foi perguntando:

— Diz-me, amigo falcão, quem é, afinal, o rei desta ilha? És tu ou o papagaio?

O falcão foi apanhado de surpresa. Rei?! Rei da ilha? Nunca tinha pensado em tal coisa. Ser **Sum Alê** era ideia que não estava nos seus planos.

Sum Alê: *senhor rei.*

Manhosa como sempre, a tartaruga continuou:

— Nós precisamos ter um rei nesta ilha. Alguém que vigie as praias, a floresta, que dê conselhos e ponha ordem em todos os animais, sobretudo no papagaio...

Contou-lhe então que, na véspera, quando ela estava a dormir na areia, chegou o papagaio e falou, falou, falou tanto e tão alto que a despertou do seu sono. Uma outra, por sinal sua amiga de infância, estava a descansar com os filhos, chegou o papagaio e ninguém mais descansou. Falou horas a fio e, quando a tartaruga ralhou com ele, ainda foi malcriado.

— Ora, o amigo falcão voa bem alto, mais alto do que o papagaio, e de lá de cima pode ver e guardar tudo. Por isso, deve ser o rei. E a primeira atitude a tomar é expulsar o papagaio.

Naquela noite, o falcão não pregou o olho. Reuniu a família e explicou-lhe o que ouvira da tartaruga. Para governar, teria de mandar embora o papagaio. Como podia? Eles eram inseparáveis, amigos do peito. Por isso, fez de conta que não ouviu nada.

Passado algum tempo, estava a fazer o ninho no ramo de um **mikondó**, quando, de repente, se apercebeu de um alarido. Um grupo de **munquén** começou a chamá-lo:

mikondó: *árvore de grande porte.*
munquén: *rola.*

— É preciso pôr ordem nesta ilha, amigo falcão, e só você pode fazer isso.

De seguida vieram as queixas. Todas contra o seu fiel amigo. Contaram da tagarelice do papagaio, que falava horas a fio, repetindo sempre as mesmas coisas e não deixando ninguém em paz.

— E o que querem que eu faça? — perguntou, com medo, o falcão.

— Que mandes embora o papagaio e que tu sejas o rei — responderam todos.

Ao outro dia, o recado repetiu-se. Mas desta vez veio dos habitantes da ilha. Foram mesmo acordá-lo ao ninho. Bem cedo. Homens, mulheres, crianças. Era impossível viver com as conversas dos milhares de papagaios que habitavam São Tomé, de norte a sul. Falavam de noite, falavam de dia, atordoavam tudo e todos.

San Quirina, a mais velha, tomou a palavra:

— Viemos pedir-te, amigo falcão, que expulses dos nossos *luchans* todos os papagaios. Se o fizeres, serás tu o nosso rei, o símbolo da nossa terra.

O falcão ouviu e prometeu agir. Falou então com o papagaio, que, intransigente, recusou-se a abandonar a ilha. Pressionado a tomar uma decisão, o falcão reuniu, por fim, em assembleia, todos os animais. Após vários dias de debate, a *lagaia* leu o comunicado:

— Foi decidido, por unanimidade e aclamação, que o falcão será o rei de São Tomé. Terá de vigiar os campos, os *luchans*, as praias e defender as cidades. O papagaio será expulso para a Ilha do Príncipe, onde viverá e falará até o fim dos seus dias.

A sentença foi lida em voz alta ante a alegria de todos e o choro infindável do papagaio. Não se conformava em ter de deixar São Tomé e separar-se do falcão, a quem declarou guerra para sempre. Falcão ainda explicou a ele que lei é para ser cumprida. Mas papagaio já não ouvia, não, chorava só.

Diz quem vê que, durante as noites frescas da *gravana*, bandos de papagaios vêm do Príncipe visitar São Tomé. Porque saudade é muita.

Os rapazes da rádio fecharam as máquinas com que gravaram a história do falcão e do papagaio, mas não os deixei sair sem provarem um copinho do melhor vinho de palma de Mé Zochi.

Avó Flindó estava cansada, muito cansada. Sabia que não voltaria a contar histórias, mas que as deixava para as crianças de todo o mundo. Assim lhe explicaram naquela manhã. Só não soube nem imaginou nunca que um dia o falcão e o papagaio da sua última história viriam a ser os símbolos do brasão de armas da ilha onde nasceu.

Avó Flindó partiu num dia de festa grande na Trindade, a festa de Deus Pai. Foi com isso que ela sempre sonhou. Com música bonita a acompanhar. E todos os seus familiares e amigos a cantarem. E tudo foi feito como ela pediu.

E os meninos julgam que avó Flindó partiu para sempre? Nem pensar...

Onde quer que ela esteja, estará muito feliz, porque há alguém que anda aí pelo mundo a contar as histórias que lhe ouviu e que começam sempre assim:

Sempre minha avó contava

a história daquele menino

que toda a noite tocava...

e tocava no batuque.

E o batuque... tuque-tuque, e o batuque... tuque-tuque.

E o batuque, e o batuque tuque-tuque.

E o batuque, e o batuque tuque-tuque.

E o grupo dos seus amigos

lá muito longe cantava:

África, África mamã, África mamã, Áfricaê...

África, África mamã, África mamã, Áfricaê...

São Tomé e Príncipe é um pequeno arquipélago, cortado pela linha imaginária do Equador e localizado no Golfo da Guiné, a cerca de 300 quilômetros da costa ocidental africana. O país tem 1001 quilômetros quadrados, sendo que a ilha principal, São Tomé, tem 859 quilômetros quadrados e a ilha de Príncipe ocupa uma área de 142 quilômetros quadrados. O clima é equatorial, com duas estações bem-definidas ao longo do ano. As temperaturas médias anuais variam de 21,4 a 29,4 graus Celsius, o que garante um bom fluxo de turistas vindos, sobretudo, da Europa. As matas virgens proporcionam uma rica e genuína biodiversidade, favorecendo o turismo baseado na natureza.

Essas terras foram colonizadas pelos portugueses por volta de 1470, tendo sido um importante entreposto comercial no tráfico de escravizados capturados no continente. O cultivo de cana-de-açúcar predominou nessas ilhas durante muitos anos, utilizando-se mão de obra de africanos escravizados. Após quase quinhentos anos de domínio português, São Tomé e Príncipe conquistou a independência: a data nacional é 12 de julho de 1975. A República Democrática de São Tomé e Príncipe é membro da Comunidade dos Países de Língua Portuguesa (CPLP). Além do português, língua oficial, falam-se as línguas nativas, destacando-se o forro, o angolar e o lunguye.

São Tomé e Príncipe tem um relevo montanhoso e coberto de florestas tropicais, sofrendo muito com as variações climáticas. Sua população é de cerca de 225 mil habitantes (estimativa do Banco Mundial para 2021), dedicando-se à produção de cacau e de café, ao turismo e, mais recentemente, à exploração do petróleo. A capital é a cidade de São Tomé, situada na ilha homônima, onde reside a maior parte da população. As plantações e as tradicionais roças de cacau e café são uma visita obrigatória nessas ilhas paradisíacas.

Fonte: Banco Mundial.

OLINDA BEJA – *Autora*

Olinda Beja é uma das grandes escritoras africanas do nosso tempo e uma belíssima contadora de histórias. Ao trazer de volta as memórias da sua infância e, mais tarde, do seu regresso a São Tomé e Príncipe, onde nasceu, ela apresenta histórias ouvidas e narradas pela famosa avó Flindó, em Uba-Flor, Galo Cantá e Batepá onde viveu e tem a sua casinha de madeira. Aprendemos por que os dedos das mãos são tão diferentes, nos encantamos com a Cobra Preta do Café e descobrimos a causa da rivalidade entre o falcão e o papagaio em histórias que nos transportam para o mundo encantado das fábulas.

ROBERTA NUNES – *Ilustradora*

Roberta Nunes, natural do Rio de Janeiro, é *designer* formada pela Universidade Federal do Rio de Janeiro (UFRJ). Atua como *designer*, ilustradora e quadrinista.

De tanto gostar de livros ilustrados, tornou-se especialista em literatura infanto-juvenil pela Universidade Federal Fluminense (UFF).

Pela Estrela Cultural, ilustrou as obras *Grande circo favela* e *Guardiãs de memórias nunca esquecidas*, ambas de Otávio Júnior; e *Olha aqui o Haiti*, das autoras Márcia Camargos e Carla Caruso, esta última selecionada para compor a Biblioteca da ONU na questão "Combate à desigualdade social".

MARCO HAURÉLIO – *Coordenador da coleção*

Escritor, professor e divulgador das tradições populares, tem mais de cinquenta títulos publicados, a maior parte dedicada à literatura de cordel, gênero que conheceu na infância, passada na Ponta da Serra, Sertão baiano, onde nasceu. Dedica-se ainda à recolha, ao estudo e à salvaguarda dos gêneros da tradição oral (contos, lendas, poesia), tendo publicados vários livros, como *Contos folclóricos brasileiros*, *Vozes da tradição* e *Contos encantados do Brasil*. Vários de seus livros foram selecionados pela Fundação Nacional do Livro Infantil e Juvenil (FNLIJ) para o Catálogo da Feira do Livro Infantil e Juvenil de Bolonha (Itália) e receberam distinções como os selos Seleção Catédra-Unesco (PUC-Rio) e Altamente Recomendável (FNLIJ). Finalista do Prêmio Jabuti em 2017, em sua bibliografia destacam-se ainda *Meus romances de cordel*, *O circo das formas*, *Tristão e Isolda em cordel*, *A jornada heroica de Maria* e *Contos e fábulas do Brasil*. Ministra cursos sobre cordel, cultura popular, mitologia e contos de fadas em espaços diversos. Também é curador da mostra Encontro com o Cordel.